I0831408

Jules Verne

Ein Drama in Mexiko

1. Auflage | ISBN: 978-3-84609-988-9

Erscheinungsort: Paderborn, Deutschland

Erscheinungsjahr: 2015

Salzwasser Verlag GmbH, Paderborn.

Jules Ver

Ein Drama in Me

Salzwasser

I.

Von der Insel Guajan nach Acapulco

Am 18. Oktober 1825 gingen die »Asia«, ein großes spanisches Kriegsschiff, und die »Constanzia«, eine Brigg von acht Kanonen, bei der Insel Guajan, einer der Mariannen, vor Anker. Vor sechs Monaten schon hatten diese Fahrzeuge Spanien verlassen und unter den dürftig ernährten, lässig bezahlten und durch Strapazen ermatteten Mannschaften derselben gärten im Verborgenen rebellische Projekte. Verstöße gegen die Disziplin kamen vorzüglich auf der Constanzia vor, deren Kommandant, Kapitän Don Orteva, ein Mann von eiserner Energie und unbeugsamem Willen war. Einige schwere und so unerwartete Havarien, dass man sie nur dem Mangel an Achtsamkeit zuschreiben konnte, hatten die Brigg in ihrer Fahrt wiederholt aufgehalten. Jetzt war auch die von Don Roque de Guzuarte befehligte Asia gezwungen, mit vor Anker zu gehen. Eines Nachts zerbrach nämlich der Kompass der Constanzia auf völlig unerklärliche Weise. Ein anderes Mal erwiesen sich die Bardunen und Wanten des Fockmastes so schadhaft, als wären sie mit einem Messer durchschnitten gewesen, so dass der ganze Mast mit seiner Takelage umstürzte. Endlich rissen auch zwei Mal die Taue des Steuerruders gerade inmitten eines wichtigen Manoeuvres.

Die Insel Guajan gehört, wie alle Mariannen, zu der General-Kapitänschaft der Philippinen. Hier waren die Spanier also zu Hause und konnten ihre Havarien in jedem Umfange ausbessern.

Während dieses gezwungenen Aufenthaltes am Lande teilte Don Orteva dem Don Roque seine Beobachtungen bezüglich der Erschlaffung der Disziplin auf seinem Schiffe mit, und die beiden Befehlshaber verpflichteten sich gegenseitig zu verdoppelter Wachsamkeit und Strenge.

Don Orteva musste vor Allem auf zwei seiner Leute, den Lieutenant Martinez und den Mastwächter José, ein Auge haben.

Lieutenant Martinez, der seine Stellung als Offizier schon durch manche verdächtige Zusammenkünfte auf dem Vorderkastell kompromittiert hatte, musste schon wiederholt bestraft werden; seine Funktionen als Lieutenant der Constanzia versah dann während der Zeit seiner Haft der Offiziersaspirant Pablo. Der Mastwart José war ein gemeiner, verächtlicher Charakter, der seine Anhänglichkeit nur nach dem empfangenen

Lohne abwog. Ihm sah dagegen der sehr ehrenhafte Hochbootsmann Jacopo, der auch Don Orteva's unbedingtes Vertrauen genoss, stets scharf auf die Finger.

Der Aspirant Pablo gehörte zu jenen seltenen, offenherzigen und mutigen Naturen, welche ihr Edelmut zu den hochherzigsten Taten begeistert. Für seinen Wohltäter, den Kapitän Orteva, der ihn einst als Waise aufnahm und erzog, wäre er gewiss gern in den Tod gegangen. Im Laufe wiederholter Gespräche mit dem Hochbootsmann Jacopo ließ er oft, dahin gerissen von dem Feuer der Jugend und dem Triebe seines Herzens, die wahrhaft kindliche Liebe durchblicken, die ihn an Don Orteva fesselte, und der wackere Jacopo drückte ihm kräftig die Hand, sein Einverständnis zu besiegeln. Was vermochten aber diese drei Männer gegen die Leidenschaften einer widerspenstigen Besatzung? Während sie Tag und Nacht sich alle Mühe gaben, den auflodernden Geist der Zwietracht zu bändigen, schürten Martinez und José doch immer erfolgreicher die Empörung und den unwürdigsten Verrat.

Der Ankerwart, Lieutenant Martinez, befand sich auf Guajan in einer niedrigen Hütte, zugleich mit einigen Bootsleuten und etwa zwanzig Seeleuten der beiden Kriegsschiffe.

»Kameraden, begann Martinez, Dank den unerwarteten Havarien haben das Linienschiff und die Brigg bei den Mariannen Anker werfen müssen, wodurch mir Gelegenheit geboten wurde, mit Euch unbelauscht zu sprechen.

- Bravo! tönte es schon bei diesem Anfange aus allen Kehlen.

- Sprechen Sie, Lieutenant, riefen mehrere Matrosen, und lassen uns Ihre Absichten hören.

- So vernehmt meinen Plan, erwiderte Martinez. Sobald wir uns der beiden Schiffe bemächtigt haben, steuern wir nach der Küste von Mexico. Ihr wisst, dass der neue Bundesstaat noch aller Seewehr entbehrt. Dort wird man unsere Schiffe unbesehen ankaufen, wodurch nicht nur unsere fehlende Löhnung herauskommt, sondern wir auch noch einen Überschuss gleichmäßig zur Verteilung bringen können.

- Einverstanden!

– Und welches Signal verabreden wir, um auf beiden Schiffen gleichzeitig zu handeln? fragte der Mastwart José.

– Von der Asia wird eine Rakete aufsteigen, erwiderte Martinez. Dann brecht los! Wir sind Zehn gegen Einen, und die Offiziere des Linienschiffs und der Brigg müssen überwältigt sein, bevor sie zur Besinnung kommen.

– Wann ist jenes Signal zu erwarten? erkundigten sich einige Bootsleute der Constanzia.

– In einigen Tagen, sobald wir uns auf der Höhe der Insel Mindanao befinden.

– Die Mexikaner werden uns aber mit Kanonenkugeln empfangen, bemerkte der Mastwart José. Wenn ich nicht irre, hat die Bundesregierung ein Decret erlassen, alle spanischen Fahrzeuge strengstens zu überwachen und zu beobachten, so dass uns statt des erhofften Geldes vielleicht eine Ladung Eisen und Blei beschert wird.

– Darüber beruhige Dich, José! antwortete Martinez, wir werden uns schon von fern her zu erkennen geben.

– Und auf welche Weise?

– Wir hissen an der Gaffel die Flagge Mexicos.«

Bei diesen Worten entrollte der Lieutenant vor den Augen der Empörer ein grün-weiß-rotes Flaggentuch.

Tiefe Stille entstand angesichts dieses äußeren Zeichens der Unabhängigkeit Mexicos.

»Nun, sehnt Ihr Euch etwa schon wieder nach den Farben Spaniens? rief der Lieutenant im Tone des Spottes. Wohlan, wer diese Sehnsucht spürt, der trenne sich von uns und fahre mit gutem Winde unter dem Kommando des Kapitäns Don Orteva oder Don Roque's. Wir, die wir entschlossen sind, den Gehorsam zu kündigen, werden schon unser Ziel erreichen.

– Ja wohl! Gewiss! rief die ganze Versammlung.

– Kameraden! fügte Martinez noch hinzu, unsre Offiziere beabsichtigen mit Hilfe der Passatwinde nach den Sunda-Inseln zu steuern; wir werden ihnen aber zeigen, dass man auch ohne sie gegen die Moussons des Stillen Ozeanes lavieren kann!«

Die Teilnehmer dieser geheimen Zusammenkunft gingen aus einander und kamen von verschiedenen Seiten her wieder nach ihren zugehörigen Schiffen.

Am folgenden Tage lichteten die Asia und die Constanzia mit Tagesanbruch die Anker und mit vollen Segeln fuhren die Brigg und das Linienschiff nach Südwesten, in der Richtung auf Neuholland, ab. Lieutenant Martinez verrichtete wieder seinen Dienst, wurde aber auf Anordnung des Kapitäns Orteva aufmerksam beobachtet.

Inzwischen bedrängten Don Orteva manchmal düstre Vorgefühle. Er betrübte sich über den drohenden Verfall der spanischen Kriegsmarine, welche die Insubordination ihrem Untergang entgegen führte. Dazu vermochte sich sein Patriotismus nicht an die Schlage des Unglücks zu gewöhnen, welche sein Vaterland jetzt nach einander trafen und denen der Abfall Mexicos die Krone aufsetzte. Dann und wann unterhielt er sich mit dem Aspiranten Pablo von diesen ernsten Fragen, vorzüglich aber von der früheren Suprematie der spanischen Flotte in allen Meeren.

»Mein Sohn, begann er eines Tages, aus unseren Seeleuten ist der Geist der Disziplin gewichen. Vorzüglich auf meinem Schiffe zeigen sich Symptome einer drohenden Empörung, und es kann wohl sein, – ich ahne wenigstens so etwas, – dass ich durch eine elende Verräterei um's Leben komme! Doch Du wirst mich rächen, nicht wahr, um gleichzeitig Spanien zu rächen, das man in mir zu treffen sucht.

– Ich schwöre es, Kapitän! erwiderte Pablo.

– Mache Dir auf der Brigg Niemand vorzeitig zum Feind, aber erinnere Dich seiner Zeit, mein Sohn, dass man in dieser unseligen Zeit seinem Vaterlande am besten dadurch dient, die Elenden, welche es verraten wollen, erst zu beobachten und nur zur rechten Zeit zu züchtigen.

– Ich verspreche Ihnen, mein Leben daran zu setzen, erwiderte der junge Mann, ja, gern in den Tod zu gehen, wenn es sein muss, um die Verräter zu strafen.«

Seit drei Tagen hatten die Schiffe den Mariannen-Archipel verlassen. Bei einer günstigen Brise flog die Constanzia über das weite Meer. Die graziöse, schlanke und schnelle Brigg hüpfte über die Wellen, deren Schaum ihre acht Sechspfünder bespritzte.

»Zwölf Knoten, Lieutenant, sagte eines Abends der Aspirant Pablo zu Martinez. Wenn wir ebenso, den Wind im Rücken, weiter segeln, wird die Überfahrt nicht lange dauern.

– Gott gebe es! – Wir haben genug ausgestanden, so dass unsere Leiden wohl zu Ende sein könnten.«

Der Mastwart José befand sich in diesem Augenblick gerade in der Nähe des Halbdecks und hörte die letzten Worte des Lieutenants.

»Wir müssen bald in Sicht eines Landes kommen, setzte da Martinez mit lauterer Stimme hinzu.

– Ja wohl, nach der Insel Mindanao, erwiderte der Aspirant. Wir segeln jetzt unter dem 140. Grade östlicher Länge bei 8 Grad nördlicher Breite, und wenn ich nicht irre liegt die Insel ...

– Unter 140 Grad 39 Minuten der Länge und 7 Grad der Breite«, fiel ihm Martinez in's Wort.

José hob den Kopf ein wenig empor und begab sich nach einem unverständlichen Zeichen nach dem Vorderkastell.

»Sie haben die Mitternachtswache, Pablo? fragte Martinez.

– Ja, Lieutenant.

– Es ist schon um sechs Uhr; ich will Sie nicht aufhalten.

Pablo entfernte sich.

Martinez blieb allein auf dem Halbdeck zurück und richtete seine Augen nach der Asia, die unter dem Winde der Brigg segelte. Der Abend war prächtig und versprach eine jener herrlichen Nachte, die in der Tropenzone oft so frisch und ruhig sind.

Der Lieutenant suchte im Halbdunkel die Leute von der Deckwache auf. Er erkannte José und mehrere der Seeleute, mit denen er auf Guajan verhandelt hatte.

Schnell näherte sich Martinez dem Manne am Steuer, dem er mit leiser Stimme einige Worte zuflüsterte.

Sofort konnte man bemerken, dass das Steuerruder sich ein wenig mehr gegen den Wind drehte, ebenso dass die Brigg entschieden auf das Linienschiff zuhielt.

Der Gewohnheit an Bord entgegen ging Martinez unter dem Winde auf und ab, um die Asia besser beobachten zu können. Unruhig drehte er ein Fernrohr in der Hand.

Plötzlich ließ sich eine Detonation am Bord des andern Schiffes vernehmen.

Bei diesem Signal sprang Martinez auf einen erhöhten Platz und rief mit lauter Stimme:

»Alle Mann auf Deck! Die Großsegel eingezogen!«

In demselben Augenblick kam auch schon Don Orteva mit den andern Offizieren aus der Dunette heraus und wandte sich an den Lieutenant.

»Weshalb dieses Manoeuvre?« fragte er.

Ohne eine Antwort zu geben sprang Martinez herab und eilte nach dem Vorderkastell.

»Die Raa herunter! befahl er. Brassen! Die Schoten der großen Fockstenge nachlassen!«

Unterdes ertönten neue Detonationen an Bord der Asia.

Die Mannschaft gehorchte den Befehlen des Lieutenants, die Brigg drehte sich gegen den Wind und stand, beigelegt mit Hilfe des kleinen Marssegels, unbeweglich still.

Don Orteva wandte sich nach den wenigen Männern um, die in seiner Nähe geblieben waren.

»Zu mir, meine Braven!« rief er.

Dann schritt er auf Martinez zu.

»Ergreift diesen Offizier! befahl er.

- Tod dem Kommandanten!« antwortete Martinez.

Pablo und zwei Offiziere ergriffen Degen und Pistolen. Einige Matrosen, Jacopo voran, beeilten sich, ihnen beizustehen, wurden aber von den Meuterern überwältigt, entwaffnet und unschädlich gemacht.

Die Seesoldaten und die Besatzung stellten sich in der ganzen Breite des Decks auf und marschierten gegen ihre Offiziere. Den treuen Männern blieb, als sie sich auf die Dunette zurück gedrängt sahen, nichts anderes übrig, als sich auf die Rebellen zu stürzen.

Don Orteva schlug seine Pistole auf Martinez an.

Da stieg eine Rakete vom Bord der Asia auf.

»Sieg! Sieg!« rief Martinez.

Don Orteva's Kugel hatte ihr Ziel verfehlt.

Der ganze Auftritt dauerte nicht lange. Der Kapitän griff den Lieutenant Mann gegen Mann an, aber bald unterlag er, schwer verwundet und von der Übermacht erdrückt. Nach wenigen Augenblicken teilten die Offiziere sein Loos.

In dem Tauwerk der Brigg wurden Laternen aufgehängt, als Antwort auf die in der Takelage der Asia. Die Revolte brach auf dem Linienschiffe zu gleicher Zeit aus und war ebenso von Erfolg gekrönt.

Lieutenant Martinez befehligte jetzt auf der Constanzia, und seine Gefangenen wurden bunt durcheinander in das Konferenzzimmer geworfen.

Aber bei dem ersten Erblicken von Blut kamen auch die wilden Triebe der Mannschaft zum Durchbruch. Man begnügte sich nicht gesiegt zu haben, man wollte auch töten.

»Erwürgt sie! heulten einige der Wütlinge. Macht sie kalt! Nur ein toter Mann kann nicht mehr sprechen.«

An der Spitze der Blutdürstigen drang Martinez schon gegen das Konferenzzimmer vor, die übrige Mannschaft widersetzte sich aber dem Gemetzel, und die Offiziere waren gerettet.

»Führt Don Orteva auf das Deck«, befahl Martinez.

Man gehorchte.

»Orteva, sagte Martinez, ich befehlige jetzt diese beiden Schiffe. Don Roque ist mein Gefangener gleich Dir. Morgen werden wir Euch Beide auf einer wüsten Insel aussetzen; dann steuern wir nach einem Hafen Mexicos und verkaufen die Fahrzeuge der republikanischen Regierung.

- Verräter! schleuderte ihm Orteva als Antwort in's Gesicht.

- Setzt die Großsegel wieder bei und haltet so scharf es geht am Winde. Dieser Mann werde auf dem Halbdeck festgebunden.«

Er zeigte dabei auf Orteva. Sein Befehl ward vollzogen.

»Die Andern kommen in den Raum hinunter. Wir lavieren gegen den Wind. Vorwärts! Schnell, Kameraden!«

Das Manoeuvre wurde sofort ausgeführt. Der Kapitän Orteva befand sich nun, durch die Brigantine des Großmastes versteckt, unter dem Winde des Schiffes, aber noch immer hörte man ihn seinem Lieutenant »Verräter!« und »Schurke!« nachrufen.

Außer sich vor Wut sprang Martinez, eine Axt in der Hand, auf die Dunette. Die Andern rissen ihn vom Kapitän zurück; aber mit kräftigem Hiebe zerschnitt er die Schoten der Brigantine. Der von dem Winde nun heftig nach der andern Seite schlagende Baum traf den Kapitän und zerschmetterte ihm den Schädel.

Auf der Brigg erhob sich ein Schrei des Entsetzens.

»Durch unglücklichen Zufall um's Leben gekommen! erklärte Lieutenant Martinez. Werft den Leichnam in das Meer!«

Wiederum entsprach man seinen Worten.

Die beiden Schiffe segelten so schnell als möglich weiter in der Richtung nach Mexico zu.

Am andern Tage begegnete man einem Eilande. Die Boote der Asia und Constanzia wurden auf's Meer gesetzt und die Offiziere, mit Ausnahme des Aspiranten Pablo und des Hochbootsmannes Jacopo, die sich Beide dem Lieutenant Martinez unterworfen hatten, nach dieser verlassenen Küste befördert. Einige Tage später fand ein englischer Wallfischfahrer glücklicher Weise die Verlassenen und beförderte sie nach Manila.

Wie kam es, dass Pablo und Jacopo in das Lager der Verräter übergegangen waren? Der weitere Verlauf unsrer Erzählung wird darüber Licht geben.

Einige Wochen später ankerten beide Schiffe in der Bai von Monterey, im Norden von Alt-Kalifornien. Martinez teilte dem militärischen Kommandanten des Hafens seine Absichten mit. Er erbot sich, die beiden spanischen Schiffe samt Munition und voller Kriegsausrüstung an die mexikanische Konföderation, der es an einer Marine noch gänzlich mangelte, auszuliefern, und auch die Mannschaften zur Verfügung der Bundesregierung zu stellen. Als Entgelt sollte letztere ihnen alles auszahlen, was die Mannschaften seit der Abfahrt von Spanien zu fordern hatten.

Auf diese Vorschläge erwiderte der Gouverneur, dass er nicht die nötige Machtvollkommenheit besitze, einen derartigen Vertrag abzuschließen. Er empfahl Martinez also, sich persönlich nach Mexico zu wenden, wo er diese Angelegenheit leicht selbst erledigen könne. Der Lieutenant folgte diesem Rate, ließ die Asia, welche einen Monat lang außer Dienst gestellt ward, in Monterey zurück und stach mit der Constanzia wieder in See. Pablo, Jacopo und José gehörten zur Besatzung, und die Brigg setzte bei günstigem Winde alle Leinwand bei, um den Hafen von Acapulco baldmöglichst zu erreichen.

II.

Von Acapulco nach Cigualan

Unter den vier Häfen Mexicos am Pazifischen Ozean, nämlich San-Blas, Zacatula, Tehuantepec und Acapulco, bietet der letztgenannte den Schiffen die meisten Hilfsmittel. Die Stadt ist freilich erbärmlich gebaut und sehr ungesund, aber ihre Reede liegt sehr gesichert und vermöchte wohl hundert Seeschiffe aufzunehmen. Hohe, steile Ufer schützen die Schiffe von allen Seiten und bilden dadurch ein so friedlich ruhiges Bassin, dass ein von der Landseite anlangender Reisender dasselbe recht wohl für einen von einem Gebirgsringe umschlossenen Binnensee halten könnte.

Acapulco war in jener Zeit durch drei Bastionen gedeckt, die es auf der rechten Seite flankierten, während die Hafeneinfahrt durch eine Batterie von sieben Geschützen verteidigt wurde, die im Notfall ihre Feuerlinie mit denen des Forts Santo-Diego rechtwinklig kreuzen konnten. Letzteres führte übrigens dreißig Geschütze, beherrschte die ganze Reede und hätte unfehlbar jedes Schiff in den Grund bohren können, das den Eingang des Hafens etwa zu forcieren versuchte.

Die Stadt hatte eigentlich also kaum etwas von der Seeseite zu fürchten, und doch ergriff sie, drei Monate nach den oben erzählten Ereignissen, ein wahrhaft panischer Schrecken.

Es war ein Schiff auf hoher See signalisiert worden. Beunruhigt über die Absichten dieses verdächtigen Seglers überließen sich die Bewohner einer auffallenden Angst. Der neue Bundesstaat fürchtete nämlich noch immer die Wiederkehr der spanischen Herrschaft. Es erklärt sich das, trotz eines mit Großbritannien schon abgeschlossenen Handelsvertrags und trotz des Eintreffens eines Geschäftsträgers aus London, der die Anerkennung des Freistaates mitbrachte, dadurch, dass die mexikanische Zentralgewalt kein einziges Kriegsschiff besaß, ihre Küsten zu beschützen.

Auf jeden Fall konnte das Fahrzeug nur ein kühner Freibeuter sein, dem dort der steife Nordwest, der vom Herbste bis zum Frühlingsäquinoctium in diesen Gegenden des Stillen Ozeans fast allein herrschende Wind, tüchtig in die halbgereeften Segel blies. Die Einwohner Acapulcos waren ihrer Sache aber doch zu unsicher und bereiteten sich schon vor, eine etwaige Landung von Fremden abzuwehren, als das so gefürchtete

Fahrzeug an seiner Gaffel die Fahne der mexikanischen Unabhängigkeit entrollte.

Auf halbe Kanonenschussweite vom Hafen warf die Constanzia, deren Namen man am Heck schon deutlich lesen konnte, plötzlich Anker. Die Segel wurden an den Raaen befestigt und ein Boot herabgelassen, welches bald im Hafen landete.

Sofort nach seiner Ausschiffung begab sich der Lieutenant Martinez zu dem Gouverneur, um ihn von dem Zwecke seiner Hierherkunft zu unterrichten. Dieser billigte vollständig den Beschluss des Lieutenants, selbst nach Mexico zu gehen, um daselbst den betreffenden Kaufvertrag mit dem General Guadalupo Vittoria, dem Präsidenten der Konföderation, zu ratifizieren. Kaum verbreitete sich diese Neuigkeit in der Stadt, als man auch seiner Freude den unverhohlensten Ausdruck gab. Die ganze Bevölkerung lief zusammen, das erste Schiff der mexikanischen Kriegsmarine anzustaunen, und sah in dessen Besitze und diesem deutlichen Beweise des unter den Spaniern herrschenden Mangels an Disziplin eine neue Versicherung, sich jedem erneuten Versuche seiner früheren Herren noch entschiedener und erfolgreicher widersetzen zu können.

Martinez kehrte nach seinem Schiffe zurück. Einige Stunden später lag die Brigg Constanzia im inneren Hafen und wurde ihre Besatzung bei den freudig erregten Bewohnern von Acapulco einquartiert.

Als aber Martinez seine Leute zum Appell versammelte, waren Pablo und Jacopo spurlos verschwunden. – –

Von allen Ländern der Erde unterscheidet sich Mexico durch die Höhe und Ausdehnung des Plateaus, welches seine Mitte einnimmt. Die Kette der Kordilleren durchzieht unter dem allgemeinen Namen der Anden ganz Mittelamerika, durchfurcht Guatemala und teilt sich bei ihrem Eintritte in Mexico in zwei Arme, welche parallel den Küsten des Gebietes verlaufen. Diese beiden Arme bilden eigentlich nur die Abhänge des ungeheuren Plateaus von Anahuac, welches sich bis auf 2500 Meter über die benachbarten Meere erhebt. Diese Reihe von Stufenebenen, die weit ausgedehnter, aber ebenso einförmig sind als jene von Peru und Neu-Granada, nimmt etwa drei Fünftel des Landes ein. Mit ihrem Eintritte in das alte Territorium Mexicos nehmen die Kordilleren den Namen »Sierra Madre« an, und nach ihrer Teilung in drei Zweige, etwa in der Höhe der

Städte San-Miguel und Guanaxato, verbreiten und verlieren sie sich bis zum 57. Grade nördlicher Breite.

Zwischen dem Hafen Acapulco und der Stadt Mexico, einer Strecke von achtzig Limes, gestaltet sich das Terrain weniger zerrissen und treten die Bergabhänge weniger steil auf, als zwischen Mexico und Vera-Cruz. Nach Überschreitung der Granitgebirge in den dem Großen Ozean benachbarten Zügen, in welche auch der Hafen von Acapulco eingeschnitten ist, begegnet der Reisende nur noch jenen Porphyrfelsen, denen die Industrie den Gips, den Basalt, Urkalk, das Zinn, Kupfer, Eisen, Silber und Gold entnimmt. Gerade die Straße von Acapulco nach Mexico aber bietet herrliche Aussichtspunkte, ganz eigentümliche Erscheinungen in der Pflanzenwelt, welche zwei neben einander, einige Tage nach dem Eintreffen der Brigg Constanzia dahin trabende Reiter manchmal beachteten, und manchmal ganz vernachlässigten.

Das waren Martinez und José. Der Letztere kannte den Weg vollkommen. Wie oft hatte er nicht die Berge von Anahuac durchzogen! Eben deshalb lehnten sie auch das Anerbieten, einen indianischen Führer mit zu nehmen, ab, versorgten sich nur mit ausgezeichneten Pferden und ritten nun in schnellstem Schritte nach der Hauptstadt Mexicos.

Nach einem zweistündigen scharfen Trabe, der sie am Sprechen hinderte, machten sie Halt.

»Schritt reiten, Lieutenant! rief José erschöpft. Santa-Maria! Da würde ich es doch vorziehen, bei einem steifen Nordwest zwei Stunden lang auf dem großen Topmaste zu reiten.

- Beeilen wir uns! entgegnete Martinez. - Du kennst doch die Straße gut, José, nicht wahr, ganz genau?

- So gut wie Sie die Straße von Cadix nach Vera-Cruz, und hier haben wir weder die Stürme des Golfs, noch die Sandbänke von Taspan oder Santander zu fürchten, die uns aufhalten konnten! ... Aber Schritt!

- Nein, lieber schneller, erwiderte Martinez, indem er seinem Rosse die Sporen gab. Ich fürchte dieses Verschwinden Pablo's und Jacopo's. Sollten sie allein bei dem Handel profitieren und unsern Antheil stehlen wollen?

– Beim heiligen Jacob! Das fehlte noch, versetzte zynisch der Mastwart, – an solchen Dieben, wie wir sind, zu Dieben zu werden!

– Wie viele Tagereisen werden wir bis Mexico brauchen?

– Vier bis fünf, Lieutenant. Das Ganze ist ein reiner Spaziergang. Aber nur Schritt reiten. Sie sehen doch, dass der Weg sehr bergan führt.«

In der That machten sich eben die ersten Wellenlinien der Berge bemerkbar.

»Unsere Pferde sind nicht beschlagen, fuhr der Mastwart fort, indem er anhielt, und ihre Hufe nutzen sich auf diesem Granitboden schnell ab. Sagen Sie aber ja nichts Schlechtes über diesen Boden. Da drunter liegt Gold, und wenn wir jetzt auch darüber weggehen, Lieutenant, so bedeutet das nicht etwa, dass wir es verachten!«

Die beiden Reiter hatten eine kleine, reich von Fächerpalmen, Nopals und mexikanischen Sagopalmen beschattete Anhöhe erreicht. Zu ihren Füßen dehnte sich eine große, kultivierte Ebene aus und entfaltete die ganze üppige Vegetation der Tropen vor ihren Augen. Zur Linken begrenzte ein Wald von Mahagonibäumen die reizende Landschaft. Schlanke Pfefferstauden wiegten ihre elastischen Zweige in dem brennenden Atem des Stillen Ozeans; dort starrten dichte Felder mit Zuckerrohr empor. Mächtige Baumwollpflanzungen bewegten geräuschlos ihre grauseidenen Blütendolden. Da und dort erhob sich wohl ein Convolvulus *(Jalappe off.)* oder der farbenreiche Piment, vermischt mit Indigo, Kakao-, Campeche- und Guajakbäumen. Alle die verschiedenen Erzeugnisse der Tropenflora, die Dahlias, Mentzelias, Helicanthus u. s. w., schmückten mit ihrer Farbenpracht dieses reizende Stückchen Erde, übrigens auch den fruchtbarsten Teil des mexikanischen Gebietes.

Ja, diese ganze schöne Natur schien sich unter den Glutstrahlen, welche die Sonne herabschoss, zu beleben. Aber unter derselben verzehrenden Sonne winden sich auch die unglücklichen Einwohner im Frostschauer des Gelben Fiebers! Deshalb bleiben diese kaum bewohnten und verlassenen Gegenden immer ohne Leben und Geräusch.

»Was ist das für ein Kegel, der sich dort am Horizonte vor uns erhebt? fragte Martinez seinen Begleiter.

- Der Gipfel der Brea, der sich übrigens kaum über die umgebende Ebene erhebt«, antwortete hingeworfen der Mastwart.

Dieser Kegel bildet die erste bemerkbarere Erhebung der gewaltigen Kordillerenkette.

»Beeilen wir uns, mahnte Martinez, indem er selbst mit gutem Beispiele voranging. Unsere Pferde entstammen den Haziendas des westlichen Mexico und sind von den Reisen durch die Savannen an diese Unebenheiten des Terrains gewöhnt. Wir wollen den Weg, wo er bergab führt, benutzen und aus diesen grenzenlosen, einsamen Gegenden entfliehen, welche nicht dazu angetan sind, uns zu erheitern.

- Sollte der Lieutenant Martinez Gewissensbisse haben? fragte José achselzuckend.

- Gewissensbisse! ... Nein, das nicht! ...«

Martinez verfiel wieder in tiefes Schweigen, und so ritten Beide stumm und in schnellem Tempo dahin.

Sie erreichten den Kegel der Brea, den sie aus steilen Saumpfaden erstiegen, längs tiefer Abgründe, welche aber den unergründlichen Schluchten der Sierra Madre noch keineswegs gleich kommen. Nach Überschreitung des entgegengesetzten Abhanges hielten die beiden Reiter an, um ihre Pferde ausruhen zu lassen.

Die Sonne verschwand bald unter dem Horizonte, als Martinez und sein Gefährte in dem Dorfe Cigualan ankamen. Dasselbe zählt nur wenige bewohnte Hütten, die dürftigen Heimstätten armer Indianer, welche »Mansos«, d. h. Ackerbauer, genannt werden. Die sesshaften Eingeborenen sind im Allgemeinen sehr träge, da sie nur die Reichtümer einzusammeln brauchen, welche der freigebige Erdboden spendet. Ihre große Faulheit unterscheidet sie wesentlich sowohl von den Indianern des Hochplateaus, welche wohl die Roth zum Fleiße zwang, als auch von den Nomaden des Nordens, welche, da sie nur von Raub und Plünderung leben, niemals feste Wohnsitze haben.

Die Spanier begegneten in diesem Dörfchen nur einer sehr mittelmäßigen Gastfreundschaft. Die Indianer sahen in ihnen nur ihre alten Bedrücker und beeilten sich gar nicht, ihnen irgendwie beizustehen.

Dazu waren vor ihnen zwei andere Reisende durch den Ort gekommen und hatten unter den vorrätigen Nahrungsmitteln ziemlich aufgeräumt.

Der Lieutenant und der Mastwart legten auf diesen Zufall, der ja nicht selten vorkommt, kein besonderes Gewicht.

Martinez und José suchten unter einem halb verfallenen Gemäuer Obdach, wo sie ihre Mahlzeit, bestehend aus einem gedämpften Hammelkopfe, zubereiteten. Hierzu gruben sie ein Loch in die Erde, füllten es mit trockenem Holze, untermischt mit Kieselsteinen, welche die Wärme gut bewahren, an und ließen das Holz niederbrennen; auf die glühende Asche legten sie hierauf ohne weitere Zubereitung das in aromatische Blätter gewickelte Fleisch und schlossen dann das Ganze mit Zweigen und festgestampfter Erde lustdicht ab. Bald nachher war ihr Braten gar und sie verzehrten ihn mit dem Appetite, der Leuten, welche einen weiten Weg zurückgelegt haben, eigen zu sein pflegt. Nach der Mahlzeit streckten sie sich, den Dolch in der Hand, auf die Erde aus. Die Müdigkeit ließ sie bald die Härte ihres Lagers vergessen, ebenso wie die Stiche der lästigen Maringuins, so dass sie bald einschliefen.

Mehrmals aber wiederholte Martinez noch in unruhigem Traume die Namen Pablo's und Jacopo's, deren Verschwinden ihn fortwährend beunruhigte.

III.

Von Cigualan nach Tasco

Am andern Tage wurden die Pferde frühzeitig gesattelt und gezäumt. Die Reisenden begaben sich wieder auf den nur halb gebahnten Fußwegen, welche sich vor ihnen hinschlängelten, weiter nach Osten der Sonne entgegen. Der Anfang verlief recht gut. Ohne das schweigsame Verhalten des Lieutenants, das gegen die gute Laune des Mastwarts auffallend kontrastierte, hätte man Beide für die ehrlichsten Leute der Welt halten können.

Der Boden stieg immer mehr an. Bald breitete sich das ungeheure Plateau von Chilpanimyo, auf dem das schönste Klima in ganz Mexico herrscht, bis zur entferntesten Grenze des Horizontes vor ihren Blicken aus. Dieser Landstrich, welcher ganz den Ländern unter der gemäßigten Zone gleicht, erhebt sich an 1500 Meter über das Meer und kennt weder die erstickende Hitze der Niederungen, noch die Fröste der höher gelegenen Gegenden. Diese paradiesische Oase zur Rechten lassend gelangten die beiden Spanier nach dem kleinen Dorfe San-Pedro, nahmen aber nach dreistündiger Rast wieder ihren Weg nach der kleinen Stadt Tutela-del-Rio auf.

»Wo werden wir diese Nacht schlafen? fragte Martinez.

– In Tasco, Lieutenant, antwortete José. Im Vergleich zu diesen Dörfern eine große Stadt.

– In der man ein gutes Unterkommen findet?

– Gewiss, unter schönem Himmel und in einem herrlichen Klima. Dort brennt die Sonne nicht so heiß, wie an der Meeresküste. Hier geht es immer unbemerkt bergauf und man kommt nach und nach dahin, auf dem Gipfel des Popocatepetl zu – erfrieren.

– Wann kommen wir auf die Berge, José?

– Übermorgen Abend, Lieutenant, und von ihrem Kamme aus werden wir, freilich in großer Entfernung, unser Reiseziel erblicken. O, Mexico ist eine Stadt von Gold! Wissen! Sie, woran ich eben dachte, Lieutenant?«

Martinez gab keine Antwort.

»Ich fragte mich, was aus den Offizieren der Brigg und des Linienschiffes, die wir auf dem Eiland aussetzten, geworden sein könne.«

Martinez erzitterte.

»Ich weiß es nicht! ... antwortete er murmelnd.

- Ich denke mir, fuhr José fort, die hochmütigen Herren werden einfach Hungers gestorben sein. Bei der Ausschiffung sind auch noch mehrere in's Meer gefallen, das dort eine Haifischart, der Tintorea, unsicher macht, der keinen Pardon gibt. Santa-Maria! Wenn der Kapitän Don Orteva wieder von den Toten auferstände, dann könnten wir uns auch in den ersten besten Wallfischbauch verkriechen! Aber sein Kopf stieß zu stark mit dem Baum zusammen, und da die Schoten so unerwartet rissen ...

- Wirst Du schweigen!« donnerte ihn Martinez an.

Der Seemann zügelte seine Zunge.

»Hier sind Skrupel und Zweifel auch am unrechten Platze, sagte er für sich und fuhr dann wieder laut fort: Nach unserer Rückkehr werde ich mich übrigens in diesem prächtigen Mexico häuslich niederlassen. Hier laviert man so zwischen Ananas und Bananen und scheitert höchstens an Klippen aus Silber oder Gold.

- Und deshalb wurdest Du zum Verräter? fragte Martinez.

- Warum nicht, Lieutenant? Das läuft auf eine Geldfrage hinaus!

- Ah! ... sagte Martinez verächtlich.

- Und Sie? wendete sich José an Diesen.

- Ich? ... Bei mir war es eine Rangfrage.

Der Lieutenant wollte sich an dem Kapitän rächen.

- Ach so!« ... bemerkte José wegwerfend.

Die beiden Leute hielten sich trotz ihrer verschiedenen Beweggründe die Waage.

»Achtung! ... rief Martinez und hielt sein Pferd an. Was sehe ich da unten?«

José erhob sich in den Steigbügeln.

»Es ist niemand da, antwortete er.

- Doch! Ich sah, wie ein Mann sich eiligst verbarg, behauptete Martinez.

- Einbildung!

- Nein, nein, ich sah es! wiederholte der Lieutenant.

- Nun meinetwegen, so suchen Sie nach Belieben.«

José setzte gelassen seinen Weg fort.

Martinez ging allein auf einen Busch Magnolien zu, deren Zweige Wurzeln schlagen, sobald sie den Erdboden berühren, und dadurch ein ganz undurchdringliches Gewirr bilden.

Alles schien still und verlassen.

Plötzlich sah er eine Art Spirale sich im Schatten bewegen.

Es war eine kleine Schlange, deren Kopf sich von einem großen Steine zermalmt zeigte, während der übrige Körper noch wie unter dem Einfluss eines galvanischen Stromes zuckte.

»Hier ist irgend Jemand gewesen!« rief der Lieutenant.

Abergläubisch und schuldbewusst sah sich Martinez nach allen Seiten um. Er begann zu schaudern.

»Wer, wer mochte das sein? ... murmelte er.

- Nun, wie steht's? fragte José, der jetzt auch hinzukam.

- Es war Nichts! antwortete Martinez. Brechen wir auf!«

Die Reisenden ritten nun stromaufwärts längs der Mexala, einem kleinen Zuflusse des Rio Balsas, dahin. Bald verrieten ihnen einige Rauchsäulen die Gegenwart von Menschen, und die kleine Stadt Tutela-del-Rio zeigte sich ihren Blicken. Da die Spanier jedoch Eile hatten, noch vor Anbruch der Nacht Tasco zu erreichen, verließen sie jene wieder nach einer ganz kurzen Rast.

Der Weg ward nun sehr steil und uneben, so dass sie nur im Schritt, übrigens die gewohnte Gangart ihrer Pferde, vorwärts kamen. Da und dort erhoben sich Olivenwälder auf den Berglehnen. Sowohl der Boden, als auch die Temperatur und Vegetation erwiesen sich hier wesentlich verschieden gegen früher.

Bald sank der Abend hernieder. In wenig Schritten Entfernung folgte Martinez seinem Führer José. Dieser fand sich in der zunehmenden Dunkelheit nur schwierig zurecht und suchte einen gangbaren Pfad auszuwählen, wobei er manchen Fluch ausstieß, einmal über einen hervorstehenden Knorren, über den sein Ross stolperte, bald über einen Zweig, der ihm in's Gesicht schlug und die ausgezeichnete Zigarre, welche er rauchte, auszulöschen drohte.

Der Lieutenant lenkte sein Pferd stets dem seines Begleiters nach. An ihm nagten heimliche Gewissensbisse, wenn er sich auch von den Empfindungen, die ihn quälten, keine klare Rechenschaft gab.

Jetzt war es vollständig Nacht geworden. Die Reiter beeilten ihren Schritt. Ohne Aufenthalt passierten sie die kleinen Dorfschaften Contepec und Ipuala und kamen glücklich noch in der Stadt Tasco an.

José hatte wahr gesprochen. Das war eine große Stadt gegenüber den unbedeutenden Ansiedelungen, die schon hinter ihnen lagen. In der größten Straße fand sich sogar eine Art Gasthof. Ein Stallknecht nahm ihnen die Pferde ab, und die Reisenden traten in das Hauptzimmer des Hauses, in welchem sie eine lange, fertig angerichtete Tafel trafen.

Die Spanier nahmen daran einander gegenüber Platz und verzehrten eine Mahlzeit, welche dem Gaumen der Eingeborenen vielleicht vortrefflich munden mochte, die für europäische Zungen aber nur der quälende Hunger genießbar machte. Sie bestand aus Resten von Hühnern mit reichlicher Sauce von grünem Piment, Reis mit rotem Piment und Safran gewürzt, altem Geflügel mit Oliven, Rosinen, Erdnüssen, Zwiebeln, gezuckertem Kürbis, Carbanzos und Portulak, das Alles aber begleitet von »Tortillas«, d. s. kleine auf heißen Metallplatten gebackene Maisbrotkuchen. Dann ward noch ein Getränk serviert, und man begab sich zur Ruhe.

Wenn auch nicht auf die erwünschteste Weise, so war ihr Hunger doch gestillt und die Erschöpfung versenkte Martinez und José bald in tiefen Schlummer.

IV.

Von Tasco nach Cuernavaca

Der Lieutenant erwachte spät am Morgen zuerst.

»José, auf! Wir müssen aufbrechen!« mahnte er.

Der Mastwart streckte die Arme aus.

»Welche Straße schlagen wir ein? fragte Martinez.

- O, hier sind mir gar zwei bekannt, Lieutenant.

- Und welche?

- Die eine, welche über Zacualican, Tenancingo und Toluca führt. Von Toluca bis Mexico ist die Straße sehr schön, denn dort hat man schon die Höhe der Sierra Madre erreicht.

- Und die andre?

- Die andre entfernt uns etwas mehr nach Osten, aber wir kommen da an den schönen Bergen, dem Popocatepetl und dem Icatacihualt vorüber. Diese ist die sicherere, weniger besuchte Straße. Eine schöne Promenade von fünfzehn Lieues über eine sanft geneigte Ebene.

- Nur nicht den längeren Weg und schnell vorwärts, mahnte Martinez. - Wo werden wir heute übernachten?

- Nun, wenn wir zwölf Knoten zurücklegen, sind wir in Cuernavaca«, antwortete der Mastwart.

Die beiden Spanier begaben sich nach dem Stalle, ließen die Pferde satteln und füllten die »Mochillas«, d. s. am Geschirr befestigte Taschen, mit Maiskuchen, Granaten und gedörrtem Fleisch, denn in den Bergen liefen sie Gefahr, keine Nahrungsmittel zu finden. Nach Ausgleichung der Zeche bestiegen sie ihre Pferde, auf denen sie mit übergeschlagenen Beinen und auf die rechte Hand gestützt, dahin ritten.

Zum ersten Male kam ihnen hier eine Eiche zu Gesicht, ein Baum von guter Vorbedeutung, an dessen Fuße die ungesunden Ausdünstungen der niederen Gegenden aufhören. In diesen 1500 Meter über dem Meere gelegenen Landstrichen vermischen sich die seit der Eroberung durch Spanien eingeführten Nutzpflanzen mit den einheimischen Gewächsen. Kornfelder lachen in dieser fruchtbaren Oase, in der alle Kulturpflanzen Europas gedeihen. Hier säuselt das Laub der Bäume Asiens und Frankreichs. In dem Rasenteppiche leuchten Blumen des Orientes neben Veilchen, Kornblumen, Verbenen und Maßlieb aus der gemäßigten Zone. An manchen Stellen starrten harzreiche Pflanzen in Gruppen empor, und war die Luft geschwängert mit dem seinen Dufte der Vanille, welche im Schatten von Balsam- und Ambrastauden gedieh. Auch die beiden Abenteurer fühlten sich ganz wohlig bei der Temperatur von zwanzig bis zweiundzwanzig Graden, wie sie immer in der Gegend von Xalapa und Chilpanzinge herrscht, welche deshalb hier auch allgemein »die gemäßigten Landstriche« genannt werden.

Inzwischen gelangten Martinez und sein Gefährte immer weiter nach der Hochebene von Anahuac hinauf, indem sie die gewaltigen Bergkämme, welche sich im Innern Mexicos verzweigen, überschritten.

»Ah! rief plötzlich José, da ist der erste der drei Bergströme, welche wir überschreiten müssen.«

Wirklich lag ein tief ausgeschnittenes Flussbett nicht weit vor ihren Füßen.

»Bei meiner letzten Reise, bemerkte José, lag dieses Wildbett trocken. Folgen Sie mir, Lieutenant.«

Beide ritten einen in den Felsen ausgehauenen Pfad hinab und gelangten zu einer leicht passierbaren Furth.

»Das wäre der Eine! sagte José.

– Sind die andern ebenso leicht zu überschreiten? fragte der Lieutenant.

– Ganz ebenso, erwiderte José. Wenn die Regenzeit diese Wildbäche anschwellt, so stürzen sie in den kleinen Fluss Ixtolucca, dem wir in den Hochgebirgen begegnen werden.

– Wir haben jedoch in diesen Einöden nichts zu fürchten?

– Nichts, außer vielleicht einen mexikanischen Dolch!

– Ja freilich, meinte Martinez. Die Indianer dieser Hochländer sollen von alters her damit gut umzugehen wissen.

– Und wie viele Bezeichnungen haben sie für ihre Lieblingswaffe, fügte der Mastwart lachend hinzu, z. B. Estogue, Verdugo, Puna, Anchillo, Beldoque, Navaja und noch andere. Sie haben das Wort ebenso schnell im Munde, wie den Dolch in der Hand! Aber, Santa-Maria, das ist ja recht gut, da brauchen wir wenigstens die unsichtbaren Kugeln der langen Karabiner nicht zu fürchten. Ich kann mir gar nichts Ärgerlicheres vorstellen, als nicht einmal zu wissen, wer Einem den Garaus macht.

– Welche Indianerstämme wohnen in diesen Gebirgen? fragte Martinez.

– Ei, wer kann die Rassen alle zählen, die in diesem Eldorado von Mexico Hausen! Bedenken Sie nur die vielen Kreuzungen, Lieutenant, die ich sorgfältig studiert habe, um später einmal eine passende und vorteilhafte Ehe zu schließen. Da findet man den Mestizen, von einem Spanier und einer Indianerin abstammend; den Castisa, von einem Mestizenweibe und einem Spanier; den Mulatten, von einer Spanierin und einem Neger; ferner den Monisken, von einer Mulattin und einem Spanier; den Albino, von einer Moniskin und einem Spanier; den Tornatras, von einem Albino und einer Spanierin; den Tintinclaire, von einem Tornatras und einer Spanierin; den Lovo, von einer Indianerin und einem Neger; den Caribujo, von einem Coyoten und einer Mulattin; den Grifo, von einer Negerin und einem Lovo; den Albarazado, von einem Coyoten und einer Indianerin; den Chanisa, von einer Mestizin und einem Indianer; endlich den Mechino, von einer Lovo und einem Coyoten!«

José's Angaben waren ganz richtig; anerkanntermaßen bereitet die in diesen Gegenden sehr problematische Reinheit der Rassen allen anthropologischen Forschungen große Schwierigkeiten. Aber trotz der gelehrten Plauderei seines Gefährten versank Martinez sehr bald wieder in seine frühere Schweigsamkeit. Er entfernte sich sogar freiwillig etwas mehr von demselben, da ihn dessen Gegenwart zu bedrücken schien.

Bald durchschnitten zwei andere Wildbäche ihren Weg. Der Lieutenant hielt ganz betroffen an, als er sie vertrocknet fand, denn er hatte darauf gerechnet, hier sein Pferd zu tranken.

»Da stehen wir nun, wie ein Schiff in der Windstille, wenn ihm Nahrungsmittel und Wasser ausgegangen sind, sagte José. – Bah, folgen Sie mir. Wir wollen unter jenen Eichen und Ulmen einen Baum suchen, der hier »Ahuehuelt« heißt und gerade so viel bedeutet, wie der Kranz über den Türen der Schenken. Unter seinem Schatten findet man stets eine erquickende Quelle, und wenn sie auch nur Wasser gibt, so müssen Sie, meiner Treu, nicht vergessen, dass das Wasser der Wein der Wüstenei ist!«

Die Reiter trabten die nächst folgende Anhöhe hinauf und fanden bald einen Baum der erwähnten Art. Aber die erhoffte Quelle war versiegt und allem Anschein nach erst vor ganz kurzer Zeit.

»Das ist sonderbar, bemerkte José.

- Nicht wahr, das ist auffallend, sagte Martinez erbleichend. Vorwärts also, schnell vorwärts!«

Bis nach dem Flecken Cacahuimilchan wechselten die Reiter kein einziges Wort. Dort entleerten sie ihre Mochillas ein wenig und wandten sich dann nach Cuernavaca, weiter nach Osten zu.

Die Landschaft zeigte sich jetzt schon in wilder Großartigkeit und ließ die gigantischen Gipfel ahnen, deren Basaltwände die von dem Großen Ozean herüber ziehenden Wolken aufhalten. An der Krümmung eines gewaltigen Felsens zeigte sich das schon von den alten Mexikanern errichtete Fort Cochicalcho, dessen Plateau neuntausend Quadratmeter misst. Die Reisenden begaben sich nach dem riesigen Felsenkegel, der jenes trägt und der von schroffen Steinnadeln und drohenden Ruinen bekränzt ist. Sie stiegen ab, banden ihre Tiere an den Stamm einer Ulme und klommen, da es ihnen darauf ankam, sich über die Richtung ihres Weges durch den Überblick von einem höheren Punkte aus zu vergewissern, mühsam an den Vorsprüngen des Kolosses in die Höhe.

Schon sank die Nacht hernieder; Alles ringsumher verlor in der Dämmerung seine bestimmten Umrisse und nahm phantastische Formen an. Das alte Fort ähnelte nicht wenig einem riesenhaften, halb liegenden Büffel mit unbewegtem Kopfe, und Martinez' unruhiger Blick glaubte auch auf dem Körper des gespenstischen Tieres flüchtige Schatten dahin huschen zu sehen. Er schwieg jedoch hiervon, um nicht die Spötterei des ungläubigen José heraus zu fordern. Dieser ging langsam auf den Fußstegen des Berges weiter; als er aber einmal auch hinter einem Vorsprunge verschwunden, leiteten seine »Santa-Maria« und ähnliche Ausrufe den Lieutenant bald nach derselben Stelle.

Plötzlich hob ein gewaltiger Nachtvogel mit einem heiseren Schrei langsam mit schwerfälligem Flügelschlag sich empor.

Martinez prallte zurück.

Etwa dreißig Fuß über ihm schwankte ein mächtiger Felsblock sichtbar auf seiner Unterlage. Jetzt löste er sich los und stürzte mit Blitzesschnelle und Donnerkrachen, alles auf seinem Wege zermalmend, in eine gähnende, dunkle Tiefe.

»Santa-Maria! rief der Mastwart. - Herr Lieutenant!

- José?

- Hierher!«

Die beiden Spanier kamen wieder zusammen.

»Das war eine tüchtige Lawine! Ich dächte, wir kletterten wieder hinunter«, sagte der Seemann.

Martinez folgte ihm, ohne ein Wort zu sprechen, und bald hatten Beide wieder das untere Plateau erreicht.

Hier bezeichnete eine breite Furche den verderblichen Gang des Felsblocks.

»Santa-Maria! rief José entsetzt. Unsere Pferde sind verschwunden, zermalmt, tot!

- Wahrhaftig?

- Überzeugen Sie sich selbst.«

In der That war der Baum, an den sie die Tiere gebunden hatten, mit diesen weggerissen.

»Wenn wir da noch darauf gesessen hätten ...«, bemerkte philosophisch der Mastwart.

Martinez war vor Schrecken halb erstarrt.

»Die Schlange, die Quelle, und nun die Lawine!« murmelte er.

Plötzlich sprang er mit stierenden Augen auf José zu.

»Sprachst Du nicht eben vom Kapitän Don Orteva?« rief er mit vor Zorn erzitternden Lippen.

José wich zurück.

»Ach, keine Torheiten, Lieutenant! Senden wir unseren Pferden einen letzten Gruß nach und dann vorwärts! Hier ist nicht gut sein, wenn der alte Berg da den Kopf schüttelt!«

Schweigend und mit großen Schritten eilten die beiden Spanier dahin und langten mitten in der Nacht in Cuernavaca an; es war ihnen jedoch unmöglich, sich Pferde zu verschaffen, und so machten sie sich am andern Tage also zu Fuß auf den Weg nach dem Berge Popocatepetl.

V.

Von Cuernavaca nach dem Popocatepetl

Die Temperatur sank immer mehr; jede Vegetation hörte auf. Diese unzugänglichen Höhen, die »kalten Landstriche« genannt, gehören vollständig der Eiszone an. Schon zeigten die Fichten der düsteren Regionen ihre starren Silhouetten zwischen den letzten Ketten dieser hohen Bergzüge, und immer seltener wurden die Quellen in diesen größtenteils aus rissigen Trachyten und porösen Mandelsteinen gebildeten Einöden.

Sechs starke Stunden lang schon schleppten sich der Lieutenant und sein Begleiter mühsam dahin, verletzten sich die Hände an den scharfen Kanten der Felsen und die Füße an den spitzigen Steinen des Weges. Bald zwang sie die Erschöpfung einmal zu ruhen. José machte etwas Nahrung zurecht.

»Ein verteufelter Einfall, nicht den gewöhnlichen Weg einzuschlagen!« sprach er halb für sich.

Beide hofften in Aracopistla, einem völlig in den Bergen verlorenen Dörfchen, irgendein Transportmittel zu finden, um ihre Reise zu vollenden. Wie groß war aber ihre Enttäuschung, als sie auch hier nicht das Geringste fanden, denselben Mangel an Allem und noch dazu dieselbe widerwillige Gastfreundschaft, wie schon vorher in Cuernavaca. Und doch mussten sie ihr Ziel erreichen!

Jetzt erhob sich vor ihnen der ungeheure Gipfel des Popocatepetl zu einer solchen Höhe, dass der Blick sich in den Wolken verlor, wenn er nach der letzten Spitze suchte. Der Weg wurde zum Verzweifeln beschwerlich. Überall öffneten sich ungemessene Schluchten und schienen die schwindelnden Pfade unter den Tritten der Wanderer zu schwanken. Um sich zu Recht zu finden, mussten sie einen 5400 Meter hohen Absatz des Berges ersteigen, der von den Indianern den Namen des »rauchenden Felsen« erhalten hat und noch die Spuren neuerer vulkanischer Explosionen zeigt. Dunkle Höhlen spalteten seine steilen Abhänge. Seit José's letzter Reise hatten neue Umwälzungen dieses öde Terrain unter einander geworfen, so dass ihm Alles fremd erschien. Er verlief sich auch wiederholt auf den kaum erkennbaren Stegen, und blieb manchmal stehen, um zu lauschen, wenn sich in den Eingeweiden des Felsenriefen verdächtige Geräusche hören ließen.

Schon neigte sich merkbar die Sonne. Große nach dem Himmel zu zerrissene Wolken verdunkelten die Atmosphäre noch mehr. Es drohte mit Regen und Gewitter, welche Meteore in diesen die Verdunstung des Wassers begünstigenden Höhen nicht selten sind. Auf diesen Felsen verschwand überdies jede Spur von Vegetation, da dieselben schon in die Region des ewigen Schnees hineinreichten.

»Ich komme nicht mehr weiter! sagte endlich José und fiel vor Erschöpfung um.

– Immer vorwärts!« erwiderte Lieutenant Martinez mit fieberhafter Ungeduld.

Ein dumpfer entfernter Donner rollte durch die Schluchten des Popocatepetl.

»Ich will des Teufels sein, wenn ich diese Fußstege je wieder betrete! beteuerte José.

– Aber jetzt steh' auf und beeile Dich!« mahnte ihn Martinez mit barscher Stimme.

Er zwang José, taumelnd weiter zu gehen.

»Und nicht eine menschliche Seele, die uns führen könnte! brummte der Mastwart.

– Desto besser, erwiderte der Lieutenant.

– Sie wissen jedenfalls nicht, dass in Mexico jährlich gegen tausend Mörder ihr Handwerk treiben und dass diese Gegenden nicht gerade sicher sind.

– Desto besser!« lautete nochmals Martinez' Antwort.

Große Regentropfen erglänzten, von dem letzten Schimmer des Tages beleuchtet, da und dort an den Felsen.

»Was werden wir zu Gesicht bekommen, wenn diese Berge hinter uns liegen? fragte der Lieutenant.

– Mexico zur Linken, Puebla zur Rechten, antwortete José, wenn wir überhaupt etwas sehen können. Doch das wird unmöglich sein. Es wird zu dunkel. Vor uns liegt auf der anderen Seite der Berg Icctacihualt und im Thale läuft die sehr gute Straße. Aber ob wir auch bis dahin kommen!

– Vorwärts, nicht zögern!«

José's Angaben waren richtig. Das Plateau von Mexico ist in einem vierseitigen Rahmen mächtiger Berge eingeschlossen. Es bildet ein weites, ovales Bassin von achtzehn Lieues in der Länge, bei einer Breite von zwölf und einem Umfange von zweiundsiebzig Lieues. Hohe Berggipfel, unter denen sich der Popocatepetl und der Icctacihualt im Südwesten besonders auszeichnen, streben rings um dasselbe empor. Hat er einmal den hohen Grenzrand erstiegen, so findet der Reisende keine weiteren Schwierigkeiten. Schon bergab wird der Boden wegsamer und zuletzt führt ihn nach Mexico eine sehr gute Straße in der Richtung nach Norden hin. Statt ermüdender Reihen von Pappeln und Ulmen zeigen sich hier die von den Königen der Azteken-Dynastie angepflanzten Zypressen und die »Schinus«, welche den Trauerweiden des Okzidents ähneln. Da und dort trifft man bearbeitete Felder oder Gärten mit reichem Blumenschmücke, während Äpfel-, Kirsch- und Granatbäume unter dem tiefblauen Himmel, eine Folge der verdünnten und trockenen Luft dieser Hochebenen, gleichmäßig üppig gedeihen.

In den Bergen hallte der Donner jetzt mit furchtbarer Gewalt. Der Regen und der Wind, welche zeitweilig aussetzten, verstärkten dadurch nur das Echo.

José fluchte bei jedem Schritt. Bleich und stumm warf der Lieutenant Martinez nur scheue, böse Blicke auf seinen Begleiter, in dem er nur noch einen Mitwisser seines Verbrechens sah, welchen er gern entfernt und unschädlich gewusst hätte.

Da zerriss ein greller Blitz die tiefe Finsternis. Der Mastwart und der Lieutenant standen dicht vor einem Abgrunde! ...

Martinez trat an José heran. Er legte ihm die Hand fest auf die Schultern und sagte:

»José, ich fürchte mich ...

– Vor dem Gewitter?

- Den Sturm am Himmel fürchte ich nicht, wohl aber die Empörung in meinem Innern.

- Ah, Sie denken noch immer an Don Orteva! ... Schämen Sie sich, Lieutenant, Sie reizen mich zum Lachen!« antwortete José, dem freilich das Lachen verging, als er Martinez' wütenden Blick auf sich geheftet sah.

Wiederum krachte ein furchtbarer Donnerschlag.

»Schweig' still, José, schweig' still! rief Martinez, der seiner kaum noch Herr zu sein schien.

- Die Nacht ist zum Moralisieren recht passend! erwiderte der Mastwart. Wenn Sie sich fürchten, Lieutenant, dann machen Sie Augen und Ohren zu.

- Ich glaube, stöhnte Martinez, ich sehe dort den Kapitän ... Don Orteva ... mit zertrümmertem Schädel! ... Da .. da ...!«

Von einem fahlen Blitze erleuchtet erhob sich ein dunkler Schatten etwa zwanzig Schritt vor den beiden Wanderern.

Gleichzeitig erblickte José, Martinez, leichenblass, verfallen, düster und mit einem Dolch in der Faust an seiner Seite.

»Was, was ist das? ...« schrie er.

Ein Blitz warf sein grelles Licht auf Beide.

»Zu Hilfe!« rief José ...

Schon lag aber nur noch ein Leichnam auf der Erde. Ein neuer Kain floh Martinez mit der blutigen Hand durch das Unwetter dahin.

Wenige Augenblicke später neigten sich zwei Männer über die Leiche des Mastwarts und sagten:

»Das wäre der Eine!«

Martinez irrte wie ein Wahnsinniger durch die dunkle Einöde. Mit entblößtem Haupte lief er durch den Regen, der in Strömen niederfloß.

»Zu Hilfe, zu Hilfe!« rief er, auf den, schlüpfrigen Steinen ausgleitend.

Plötzlich vernahm er ein tosendes Rauschen.

Martinez stutzte und hörte einen herabstürzenden Wildbach.

Es war der kleine Fluss Ixtolucca, der sich fünfhundert Fuß unter ihm dahin wälzte.

Einige Schritte weiter war über den Fluss eine Brücke aus Agaveseilen geschlagen. An beiden Uferwänden nur durch zwei eingerammte Pfähle gehalten, schwankte diese Brücke jetzt wie ein ausgespannter Faden.

Krampfhaft erfasste Martinez die Lianen und kroch furchtsam auf die Brücke. Mit aller Anstrengung gelangte er bis zu dem entgegengesetzten Ufer.

Da richtete sich ein unheimlicher Schatten vor ihm auf.

Martinez wich stumm zurück und suchte, das eben verlassene Ufer wieder zu erreichen.

Aber auch hier erschreckte ihn eine dunkle Mannesgestalt.

Auf den Knien arbeitete er sich wiederum, die Hände vor Verzweiflung krampfhaft geschlossen, bis nach der Mitte der Brücke zurück.

»Martinez, ich bin Pablo! rief eine Stimme.

– Martinez, ich bin Jacopo! erschallte eine andere.

– Du bist ein Verräter – Du musst sterben!

– Du bist ein Mörder – Du musst sterben!«

Zwei scharfe Schläge ... die Pfähle, welche das Ende der Brücke hielten, fielen unter den Äxten. ... Ein entsetzliches Geräusch, und Martinez stürzte mit hoch erhobenen Händen in den Abgrund.

*

Eine Strecke stromabwärts, wo sich eine passierbare Furth des Ixtolucca befand, kamen der Aspirant und der Hochbootsmann wieder zusammen.

»Ich habe Don Orteva gerächt! sagte Jacopo.

– Und ich, erwiderte Pablo, ich rächte mein Spanien!«

So entstand zuerst die mexikanische Marine. Die beiden von den Verrätern überlieferten spanischen Kriegsschiffe verblieben dem jungen Freistaate und wurden zum Kerne jener Flotte, welche unlängst Texas und Kalifornien der Seemacht der Vereinigten Staaten streitig zu machen wagen durfte.

www.ingramcontent.com/pod-product-compliance
Lightning Source LLC
Chambersburg PA
CBHW060759310726
48980CB00002B/165